감사의 마음을 전할 수 있는 오늘 하루가
참 행복합니다.

_____님께

사자성어로 본

인간
관계
경영

KSAM

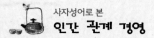

사자성어로 본
인간 관계 경영

차례

利民爲本
이 민 위 본

利 : 이로울 이 | **民** : 백성 민 | **爲** : 위할 위 | **本** : 근본 본

출전은 회남자(淮南子) 범론훈편(汜論訓篇)으로 "백성을 이롭게 하는 것을 근본으로 삼는다"는 뜻의 '이민위본'을 행서체로 썼다.

백성이란 당시 힘없는 서민을 지칭한 것이지만 지금은 일반 국민이며, 회사 조직에서는 내부 구성원과 고객을 포함한 이해관계자이다. 이들의 이익을 무시한 채 발전하고 장수한 회사는 없다.

관계자들 사이의 상생협력 즉 윈-윈(Win-Win) 전략이 더욱 절실히 요구되는 시대이다. 나의 이익을 위해서는 다른 사람들의 이익도 중시하는 '사회적 책임'이 선결 조건이 된다.

'축록자불견산 확금자불견인(逐鹿者不見山 攫金者不見人)'

즉, 사슴을 쫓는 자는 산을 보지 못하고, 돈을 움키는 자는 사람을 보지 못한다는 뜻이다. 이처럼 눈앞의 이익만 생각하다 보면 주위를 둘러볼 여유마저 잃게 되어 **"사람이 먼저"**라는 생각을 저버리게 될 수 있다.

利为民本

良松

繪事後素

회 사 후 소

繪 : 그림 회 | 事 : 일 사 | 後 : 뒤 후 | 素 : 흴 소

출전은 논어(論語)의 팔일편(八佾篇)으로 '사람은 좋은 바탕이 있은 뒤에 문식(文飾)을 더해야 함'을 비유하여 이르는 '회사후소'를 예서체로 썼다.

공자와 그 제자 자하(子夏) 사이의 문답에서 나온 말이다. 공자는 '동양화에서 하얀 바탕이 없으면 그림을 그리는 일이 불가능한 것과 마찬가지로, 소박한 마음의 바탕이 없이 눈과 코와 입의 아름다움만으로는 여인의 아름다움을 표현할 수 없다'고 했다. 이를 통해 자하는 밖으로 드러난 형식적인 예(禮)보다는 그 예의 본질인 인(仁)한 마음이 중요하므로, 형식으로서의 예는 본질이 있은 후에라야 의미가 있는 것임을 깨달았다.

경영의 본질은 고객이 중심이며, 제품과 서비스의 화려함에 국한되는 것은 아니다. 즉, 고객의 니즈와 기대 충족을 위해서 항상 **"고객을 먼저"** 생각해야 한다.

繪事後素

良松

易地思之

역 지 사 지

易 : 바꿀 역 | **地** : 땅 지 | **思** : 생각할 사 | **之** : 갈 지

맹자(孟子)의 이루편(離婁編) 나오는 '역지즉개연(易地則皆然)' 즉, '처지가 바뀌면 모두 그러했을 것'이라는 표현에서 비롯된 말로 '다른 사람의 처지에서 생각하라'는 뜻의 '역지사지'를 <u>전서체</u>로 썼다.

한편 "남을 예우해도 답례가 없으면 자기의 공경하는 태도를 돌아보고, 남을 사랑해도 친해지지 않으면 자기의 인자함을 돌아보고, 남을 다스려도 다스려지지 않으면 자기의 지혜를 돌아보라"는 말도 나온다. 이 말도 자기중심의 시각이 아니라 상대의 시각에서 헤아려 보라는 것이다.

조직의 구성원이 모두 자기중심적으로 활동하면 시너지가 없어질 것이며, 회사가 이해관계자를 무시하고 자기 회사만 생각하면 우선은 큰 이득이 있을 것으로 보이나 '지속적 성공(sustained success)'은 힘들게 될 것이다. 손해인듯 보이지만 **"남을 먼저"** 생각하는 것이 성공의 길인 경우가 많다.

近悅遠來

근 열 원 래

近 : 가까울 근 | **悅** : 기쁠 열 | **遠** : 멀 원 | **來** : 올 래

출전은 논어(論語)의 자로편(子路篇)으로 "가까이 있는 사람을 기쁘게 하면 먼 데 있는 사람도 온다"는 뜻의 '근열원래'를 죽간체로 썼다.

공자는 "가까운 곳에 있는 사람들은 기쁘게 하고 먼 곳에 있는 사람들은 찾아오게 한다[近者悅 遠者來]"라고 하였다. 백성들의 이익을 위해 정치를 잘하면 멀리 떨어져 있는 백성들도 소식을 전해 듣고 모여든다는 뜻이다.

먼저 가까운 사람들에게 충실하여 인간관계의 기본 토대를 갖추어야 다른 사람들의 신뢰를 얻을 수 있다. 주변 사람들이 기뻐하면 관계가 없던 다른 사람들도 소식을 듣게 되고 좋은 평판이 널리 퍼져서 크게 일을 도모하는 데 기본적 자산이 된다.

특히 리더는 조직구성원에게 신임을 얻지 못하면 원만하게 일할 수 없을 뿐만 아니라 더 크게 발전시키기 어렵다. 현재 하고 있는 일, **"현재 내가 대하고 있는 사람이 먼저"**라는 생각을 늘 해야 한다.

近悦遠来

良松

不脛而走
불 경 이 주

不 : 아닐 불 | **脛** : 정강이 경 | **而** : 어조사 이 | **走** : 달릴 주

출전은 삼국지(三國志)로 "구슬은 다리가 없어도 달려간다"는 뜻의 '불경이주'를 예서체로 썼다.

오나라의 손책(孫策)은 재능 있는 선비들을 질투하여 핍박했다. 공융(孔融)의 친구인 성효장(盛孝章)을 죽이려고 하자 공융이 조조(曹操)에게 편지를 쓴다. "나라를 융성시키려면 인재가 필요합니다. 구슬은 다리가 없어도 사람들의 손에 들어갈 수 있는데 이는 구슬을 좋아하는 사람들이 있기 때문입니다. 더구나 인재는 다리가 있으니 더 말할 필요가 있겠습니까? 인재를 존중하면 인재는 저절로 달려올 것입니다." 조조는 공융의 건의를 받아들였고 그 주변에 훌륭한 문관 · 무사들이 모여들어 조조 세력의 기초를 세우게 되었다.

현대의 경영은 글로벌화의 영향으로 경쟁도 더 심화되었고, 미래를 예측하는 것도 더 어려워지고 있다. 기술의 변화와 사회의 변화 속도도 한층 더 빨라지고 있다. 이런 시대에는 다양한 역량을 갖춘 인재가 중요하다. 리더는 **"인재를 알아보는 안목"**으로 자연스레 사람들이 모여들게 만들어야 한다.

死而走脛

良松

先始於隗

선 시 어 외

先 : 먼저 선 | 始 : 비로소 시 | 於 : 어조사 어 | 隗 : 이름 외

출전은 전국책(戰國策)의 연책 소왕(燕策 昭王)이다. "먼저 외(隗)부터 시작하라는 의미로, 가까이 있는 사람이나 말한 사람부터 시작하라"는 뜻의 '선시어외'를 해서 북위체로 썼다.

춘추전국시대 연(燕)나라 소왕이 제위에 올랐을 때는 나라 안팎의 혼란으로 국력이 약했다. 소왕이 인재를 널리 모집했으나 한 명도 지원하는 자가 없었다. 그때 처음으로 곽외(郭隗)가 나섰다. "지금 군왕께서 인재를 구하고자 하나 아무도 지원하지 않습니다. 이때 구구단이 특기인 곽외를 등용했다는 소문이 나면 저보다 나은 인재들이 구름처럼 몰려들 것입니다. 그러니 먼저 저부터 등용하십시오."

소왕은 곽외의 말대로 했다. 이 소식이 전해지자 천하의 인재가 모여들었다. 그 가운데는 뒷날 제(齊)와의 전쟁에서 큰 공을 세우는 악의(樂毅), 음양오행설의 제창자 추연(鄒衍), 대(大)정치가 극신(劇辛) 같은 큰 인물도 있었다.

어느 조직이든 사람이 경영하는 것이므로 인재가 많은 조직이 발전한다. **"사람을 중시"**하는 리더 밑에는 사람이 자연스레 많이 모여 들게 될 것이다.

先始於隗

艮松

寬則得衆

관 즉 득 중

寬 : 너그러울 관 | **則** : 곧 즉 | **得** : 얻을 득 | **衆** : 무리 중

출전은 논어(論語) 요왈편(堯曰篇)으로 "너그러우면 사람이 모여든다"는 의미의 '관즉득중'을 행서체로 썼다.

공자는 거상불관(居上不寬), 즉 윗자리에 있으면서 너그럽지 않다면 쳐다볼 것이 없다고 말하면서 너그러움을 강조하고 있다. 이는 나와 다른 사람을 받아들인다는 '관용'을 말한다.

너그럽다는 말은 다른 사람을 대할 때 그 사람의 입장을 고려하면서도 객관적으로 판단한다는 의미이지 그냥 마음씨 좋다는 말은 아니다. 요즈음 소위 '갑질'이 사회 문제로 대두되곤 한다. 리더의 '갑질'이야말로 너그러움이 부족해서 생기는 것이다. 지위나 재력을 이용하여 다른 사람을 대하면 그것이 흔들리거나 변할 때 아무도 그를 위해 나서는 사람이 없다.

따뜻한 인간관계를 통해 서로 존중하고 배려해야만 그들 사이의 **"관계가 더욱 돈독"**해져서 성공을 촉진하고, 어려움도 쉽게 극복해 나갈 수 있다.

寬則得衆

巳松

無信不立
무 신 불 립

無 : 없을 무 | **信** : 믿을 신 | **不** : 아닐 불 | **立** : 설 립

출전은 논어(論語)의 안연편(顏淵篇)으로 "믿음이 없으면 존립할 수 없다"는 뜻의 '무신불립'을 <u>전서</u>와 <u>예서체</u>로 썼다.

자공(子貢)이 정치에 대해 묻자 공자가 말했다. "식량이 족하고 군대가 충실하면 백성들이 정부를 믿게 되어 있다." 자공이 물었다. "부득이 버려야 한다면 이 셋 중에 어떤 것을 먼저 버려야 합니까?", "군대를 버려야지." 자공이 또 물었다. "부득이 버려야 한다면 이 둘 중에 어떤 것을 먼저 버려야 합니까?", "식량을 버려야지. 자고로 사람은 누구나 다 죽지만, 백성들은 믿음이 없으면 살아갈 수가 없게 되는 것이다."

믿음이란 사람이 살아가는 데 가장 중요한 덕목이다. 리더십에서 가장 중요한 것은 사람들의 신뢰이다. 당장은 어렵고 힘들더라도 남에게 믿음을 쌓아가는 것이 길게 보면 성공의 밑거름이 된다는 것을 유념해야 한다. 다른 사람의 신뢰가 없이는 조직도 개인도 생존이 불가능하다. **"신뢰가 먼저"**인 사회로 가고 있다.

爽　不

倍　二

昆松

移木之信
이 목 지 신

移 : 옮길 이 | **木** : 나무 목 | **之** : 어조사 지 | **信** : 믿을 신

출전은 사기(史記)의 상군열전(商君列傳)으로 '위정자가 나무 옮기기로 백성들을 믿게 한다'는 뜻이다. 남을 속이지 않거나 약속을 반드시 지킨다는 말의 '이목지신'을 해서 안진경체로 썼다.

진(秦)의 효공(孝公)에게는 상앙(商鞅)이라는 재상이 있었다. 상앙은 백성들의 불신을 없애기 위한 계책을 세웠다. 상앙은 3장(약 9m) 높이의 나무를 남문 저잣거리에 세우고 "이 나무를 북문으로 옮기는 사람에게 십금(十金)을 주겠다"고 말했다. 그러나 아무도 옮기려는 사람이 없었다. 상앙은 다시 오십금을 주겠다고 하였다. 이번에는 옮기는 사람이 있었다. 상앙은 즉시 오십금을 주어 나라가 백성을 속이지 않는다는 것을 알게 했다. 그 뒤 상앙은 새로운 법을 공포하고 지위고하를 막론하고 철저히 적용함으로써 백성들도 이 법을 준수하게 되었다.

인간관계에서 중요한 덕목 가운데 하나는 신의이다. 지키지 못할 약속은 하지 말아야 하고, 약속을 지키지 않으려고 핑계를 대서는 안 된다. 리더는 항상 **"약속이 먼저"**라는 것을 명심해야 한다.

移木之信

良松

莅事惟平

이 사 유 평

莅(蒞) : 임할 이 | **事** : 일 사 | **惟** : 오직 유 | **平** : 공평할 평

출전은 충경(忠經)의 수재장(守宰章)으로 "일에 임하여 공평해야 한다"는 의미의 '이사유평'을 예서체로 썼다.

일을 처리하면서 공평하지 못하면 여러 가지 부작용이 나타난다. 각종 민원이나 불만이 대부분 공평하지 못한 데서 야기된다. 우리 사회의 각종 부조리나 비리의 대부분이 일에 임하는 사람의 사심에서 비롯된다. 객관적 사실에 근거하여 공정하게 처리하지 않고 학연, 지연, 혈연 등에 의거하여 마음이 흔들리기 때문이다. 이는 조직을 병들게 하고 궁극적으로 자신도 망하게 되는 길이라는 점을 유념해야 한다.

공평이란 공정하고 열린 마음으로 그리고 객관적으로 업무를 처리하는 것을 이르는 말이나 특정 상황에서 이를 제대로 지켜서 수행하는 것은 쉽지 않다. 최근 ISO에서 제정하는 각종 인증 시스템 표준 등에서 공평성을 확립하도록 해당 조항을 넣고 있으며, 조직에서는 공평성위원회를 두도록 하고 있다. 동서고금을 막론하고 일에 임해서 **공평하게 처리**하는 것이 일을 제대로 수행하는 준거인 모양이다.

滋惟平事

良松

我心如秤
아 심 여 칭

我 : 나 아 | **心** : 마음 심 | **如** : 같을 여 | **秤** : 저울 칭

출전은 제갈량(諸葛亮)이 지은 잡언(雜言)으로 "내 마음은 저울과 같다"라는 뜻이다. 저울처럼 치우침이 없이 공평무사한 것을 비유하는 '아심여칭'을 행서체로 썼다.

제갈량은 뛰어난 지략가로도 유명하지만 역사적으로 상벌을 공정하게 시행한 것으로도 높이 평가받는다. 제갈량은 스스로 "내 마음은 저울과 같아서 사람들의 옳고 그름이나 공과(功過)에 대하여 가볍지도 무겁지도 않도록 공정하게 처리한다"라고 말하였다.

그리스 신화 속 정의의 여신은 오른쪽엔 칼을, 왼쪽엔 저울을 들고 있는 것으로 묘사된다. 저울은 엄정한 정의의 기준을 상징하고, 칼은 그러한 기준에 의거한 판정에 따라 정의를 실현시키기 위해서는 힘이 있어야 함을 의미한다.

당시 제갈량이 그리스 신화를 봤는지는 알 수 없으나 사심을 버리고 공평하게 판단하는 것이 중요하다는 데는 동서양의 이견이 없던 모양이다. 점점 **"공정성이 먼저"**인 사회로 진입하고 있다는 것을 인지해야할 것이다.

象心如秤

民松

見利思義

견 리 사 의

見 : 볼 견 | **利** : 이로울 리 | **思** : 생각 사 | **義** : 옳을 의

출전은 논어(論語)의 헌문편(憲問篇)으로 "이로움을 보면 대의(大義)를 생각한다"라는 의미의 '견리사의'를 금문과 전서체로 썼다.

자로(子路)가 성인(成人)에 대해 묻자 공자(孔子)는 다음과 같이 덧붙인다. "이로움을 보면 대의(大義)를 생각하고[見利思義], 위태로움을 보면 목숨을 바치며[見危授命], 오래 전의 약속을 평생의 말로 여겨 잊지 않는다면, 또한 마땅히 성인이라 할 수 있다."

이 문장에서 유래한 견위수명은 이후 나라를 위해서는 목숨도 아낌없이 바칠 줄 아는 충신을 일컫는 용어로 굳어졌다. 흔히 '견리사의 견위수명'으로 어울려 쓰이는 경우가 많다.

우리는 어떤 일이 발생했을 때 눈앞의 이득에 눈이 어두워져 잘못 판단하는 경우를 흔히 본다. 세상사에서 공짜는 없는 법이다. 눈앞의 이득에 흔들리기 쉬운 것이 사람의 본능이라지만 이해관계가 얽혀 있는 일의 판단은 항상 **"올바름이 먼저"**인 것이다.

罗衫忠義

良松

周而不比

주 이 불 비

周 : 두루 주 | 而 : 말 이을 이 | 不 : 아닐 불 | 比 : 견줄 비

출전은 논어(論語)의 위정편(爲政篇)으로 '널리 친하지만 편당(偏黨)을 짓지 않는다'는 뜻의 '주이불비'를 예서체로 썼다.

우리 사회의 큰 고질병 중의 하나가 바로 편당을 짓는 것이다. 정계에는 계파 갈등이 심하고 회사에는 학연, 지연 등 비공식적 관계에 따른 줄서기가 문제가 되고 있다. 공적인 관계보다 사적인 관계가 더 크게 작용할 때 그 사회와 조직은 왜곡되기 시작하고 부정부패가 심화된다.

사람이 살아가는 데는 사람 사이에 친밀하고 화목한 것이 매우 중요하다. 조직의 운영에서도 친밀한 구성원들의 인간관계는 조직의 발전을 위해 매우 필요하다. 그러나 사적인 관계가 공적인 조직의 업무관계에 좋지 않은 영향을 주는 것이 문제가 된다. 사람과는 친하게 지내되 무리지어 **"공적인 이익"**보다 그 무리의 이익을 위해 힘을 합치는 것은 경계해야 할 것이다.

周而不比

昆松

和光同塵

화 광 동 진

和 : 화합할 화 | **光** : 빛 광 | **同** : 한 가지 동 | **塵** : 티끌 진

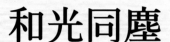

출전은 노자(老子) 제56장으로 '빛을 부드럽게 하여 속세의 티끌에 같이 한다'는 뜻의 '화광동진'을 전서와 예서체로 썼다.

"아는 사람은 말하지 않고, 말하는 사람은 알지 못한다. 그 이목구비를 막고 그 문을 닫아서, 날카로운 기운을 꺾고, 혼란함을 풀고, '지혜의 빛을 늦추고[和其光]', '속세의 티끌과 함께하니[同其塵]', 이것을 현동(玄同)이라고 한다. 그러므로 친해질 수도 없고, 소원해지지도 않는다. 이롭게 하지도 않으며, 해롭게도 하지 못한다. 귀하게도 할 수 없으며, 천하게 할 수도 없다. 그러므로 천하에 귀한 것이 된다."

현대 사회에서 자신을 내세우지 않으면 인정받지 못할 것이라고 생각할 수 있다. 그러나 자신의 실력을 내세우지 않고 세속에 같이 어울려서 세상에 화합하면 자연스레 자신의 지혜와 덕을 널리 퍼뜨릴 수 있다. 진정한 인간 경영은 요란하지 않은 가운데 **"갈등 없이 서서히"** 스며들게 하는 데 있지 않을까?

和光同塵

良松

33

心和氣平

심 화 기 평

心 : 마음 심 | 和 : 화평할 화 | 氣 : 기운 기 | 平 : 편할 평

출전은 채근담(菜根譚)으로 "마음이 화평하고 기운이 평온함"을 의미한다. 이렇게 하면 백가지 복이 저절로 굴러 들어온다는 뜻의 '심화기평'을 예서와 전서체로 썼다.

현대 사회는 그 변화하는 속도가 너무 빠르고 각박하여 사람들이 여유를 갖고 사회 생활을 하는 것이 쉽지 않다. 치열한 생존경쟁에서 조금이라도 더 높은 지위와 이득을 얻고자 소리 없는 전쟁을 치루고 있다. 그러나 자신의 마음에 여유가 없으면 남에게도 당연히 여유가 생길 수 없다. 오히려 생존경쟁에서 이기려면 마음의 여유를 갖고 타인과 화합하는 것이 더 효과적이다.

내 마음이 화평하고 기운이 평온할 때 남들도 이에 동조하여 동반성장할 수 있다. 세상을 바꾸려면 **"내가 먼저"** 바뀌어야 한다는 진리를 깊이 새겨야 할 것이다.

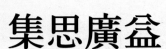

集思廣益
집 사 광 익

集 : 모을 집 | **思** : 생각 사 | **廣** : 넓을 광 | **益** 더할 익

출전은 삼국지(三國志)의 촉지(蜀志)로서 "여러 사람의 지혜를 모으면 더 큰 효과와 이익을 얻을 수 있다"는 의미의 '집사광익'을 예서체로 썼다.

제갈량은 촉나라의 승상이 된 뒤에 널리 의견을 구하는 방침을 밝히고 협조를 당부하였다.

"무릇 관직에 참여한 사람은 여러 사람의 의견을 모아 나라의 이익을 넓히도록 힘써야 할 것이다[夫參署者, 集衆思廣忠益也]. 조금이라도 미움을 받지나 않을까 걱정하여 의견을 말하기를 멀리하고, 서로 의견이 엇갈리게 될까 걱정하여 말하기를 어려워한다면 큰 손실을 입는 것이다. 의견이 엇갈리는 가운데 얻는 것이 있으니, 병폐를 버리고 주옥을 얻는 것과 같다."

다양한 지식과 경험을 가진 사람들이 힘을 합쳐 시너지를 극대화해야 변화하는 경제에 대처할 수 있다. 중지를 모으는 것이 꼭 최선의 방책을 찾는 것은 아니지만 적어도 독단으로 흐르는 것을 막을 수 있다. 국가나 조직의 경영은 **"많은 사람들과 더불어"**하는 것이다.

集思廣益

良松

玩物喪志

완 물 상 지

玩 : 구경 완 | **物** : 물건 물 | **喪** : 잃을 상 | **志** : 뜻 지

출전은 서경(書經)의 여오(旅獒)로서 '하찮은 물건에 대한 집착으로 큰 뜻을 잃는다'는 뜻의 '완물상지'를 초서와 행서체로 썼다.

은(殷)나라를 무너뜨리고 주(周)나라를 세운 무왕(武王)은 먼 나라에도 사신을 보내어 자기의 문덕과 무공을 전하고 신하로서 자신을 왕으로 섬길 것을 요구하였다. 어느 날 서방의 먼 나라인 여(旅)나라의 사신이 와서 큰 개 한 마리를 헌상했다. 무왕은 이를 기쁘게 받고 사자에게 큰 선물을 내렸다. 이것을 본 태보(太保) 소공(召公)이 글을 올려 "사람을 가지고 놀면 덕을 잃고[玩人喪德], 물건을 가지고 놀면 뜻을 잃습니다[玩物喪志]"라고 간언했다. 이 말을 듣고 무왕은 헌상품을 모조리 제후와 공신들에게 나누어 주고 정치에 전념했다.

오늘날에도 많은 사람들이 뇌물에 넘어간다. 그러나 무릇 큰 뜻을 품은 사람은 **"물욕(物慾)을 억제하는"** 태도를 익혀야 한다. 최근 우리나라도 부정청탁금지법이 제정되고 ISO에서도 '부패방지경영시스템(ISO 37001)'을 제정했다.

欲
物
歌
老
去

弗爲胡成

불 위 호 성

弗(=不) : 아닐 불 | **爲** : 할 위 | **胡** : 어찌 호 | **成** : 이룰 성

출전은 서경(書經)의 태갑하편(太甲下篇)으로 '행동하지 않으면 이루지 못한다'라는 의미의 '불위호성'을 예서 민체로 썼다.

서경에서 "깊이 생각지 않으면 얻지 못하고, 행동하지 않으면 이루지 못한다[不慮胡獲 不爲胡成]"에서 유래된 말이다. 여기에서 생각할 려(慮)는 '깊이 생각한다'는 뜻이다. 단순히 신중하게 생각하라는 의미만은 아니다. 참신하고 창의적인 생각을 하라는 뜻이 포함된다.

생각만하고 행동을 하지 않으면 아무것도 이룰 수 없다. 성공한 사람들의 대부분은 깊은 통찰력과 뛰어난 직관력을 구비한 것은 물론, 과감한 추진력까지 갖췄다고 한다.

현대 그룹의 창업자인 고(故) 정주영 회장은 부하직원들이 새로운 일에 대해 주저하면 늘 "해 봤어?"라고 했다고 한다. 정회장은 긍정적이고 진취적이어서 "길을 모르면 길을 찾고 길이 없으면 길을 닦아라!"라고 적극 독려하였다.

지금이야말로 긍정적으로 생각하고 전력투구하여 **"실행하는 정신"**이 그 어느 때 보다도 필요할 때가 아닌지 모르겠다.

弗胡成焉

良松

弓滿則折

궁 만 즉 절

弓 : 활 궁 | **滿** : 찰 만 | **則** : 곧 즉 | **折** : 꺾일 절

출전은 청나라 때 석성금(石成金)의 '전가보(傳家寶)'로서 '활을 너무 당기면 부러진다'는 의미의 '궁만즉절'을 금농체로 썼다.

"지금 사람들은 통쾌한 말을 하고, 마음에 시원한 일을 하느라 온통 정신을 다 쏟아 붓는다. …(중략)… 옛 사람은 말했다. 말은 다 해야 맛이고 일은 끝장을 봐서는 안 되며, 봉창에 가득한 바람을 편가르지 말고 언제나 몸 돌릴 여지는 남겨 두어야 한다. 활을 너무 당기면 부러지고[弓太滿則折] 달도 차면 기운다."

상대에 대한 존중 없이 끝까지 가보자는 식의 접근은 모두에게 피해가 된다. 요즘 우리 사회에 일부 엇나간 지도자들의 언행을 보면 상대방은 모두 틀리고 자신들이 국가나 국민의 구원자인양 웅변한다. 그러나 그것이 일시적으로 자신에게는 이익일지 몰라도 궁극적으로는 우리 사회를 극단으로 몰아가서 힘들게 하고 있다는 사실을 간과하고 있는 것 같다. 리더들은 매사에 **"지나침을 늘 경계"**해야 할 것이다.

弓滿則斱

欲速不達

욕 속 부 달

欲 : 하고자 할 욕 | **速** : 빠를 속 | **不** : 아닐 부 | **達** : 통달할 달

출전은 논어(論語)의 자로편(子路篇)으로 '어떤 일을 급하게 하면 도리어 이루지 못한다'는 뜻의 '욕속부달'을 초서와 행서체로 썼다.

자하(子夏)가 거보라는 고을의 태수가 되면서 공자에게 정치하는 방법을 묻자 공자가 대답하였다. "급히 서두르지 말고 작은 것에 집착하지 말라. 급하게 서두르면 일이 성사되기 어렵고[欲速不達], 작은 것에 매달리다 보면 큰일을 이루지 못하기 때문이다[欲巧反拙]."

공자의 이 말은 임기 안에 자신의 치적을 남기고 싶어하는 지도자의 속성을 잘 꼬집어 놓은 것이기도 하지만 일반인들도 갖기 쉬운 잘못된 마음가짐을 지적하고 있다. 우선은 큰 안목을 가지고 최선을 다하고 결과에 연연하지 않는 자만이 진정한 성공의 기쁨을 누릴 수 있다는 뜻이다.

정도를 걸으면서 최선의 노력을 기울이는 자세가 필요하지만 **"조급함은 오히려 일을 그르치기"** 쉽다.

欲速不達

正松

與民同樂
여 민 동 락

與 : 더불 여 | **民** : 백성 민 | **同** : 같을 동 | **樂** : 즐거울 락

출전은 맹자(孟子)의 양혜왕편(梁惠王篇)으로 '백성들과 즐거움을 함께하라'는 뜻의 '여민동락'을 예서체로 썼다.

맹자는 인의(人義)와 덕(德)으로써 다스리는 왕도(王道) 정치를 주창하였는데, 그 바탕에는 백성을 정치적 행위의 주체로 보는 민본(民本) 사상이 깔려 있다. 곧, 왕이 백성들과 즐거움을 함께한다면 왕이 즐기는 것을 함께 기뻐할 것이라고 생각했다. 여기서 유래하여 여민동락은 항상 백성을 중심으로 하는 통치자의 이상적인 자세를 비유하는 말로 사용된다.

조직을 경영하는 데에도 구성원과 함께하지 않으면 그 조직은 생존 불가능하다. 따라서 리더는 구성원의 이해관계에 늘 관심을 갖고 함께한다는 자세로 구성원을 먼저 생각하는 일을 실행에 옮겨야 한다. 또한 글로벌 경제체제 하에서 다양한 이해관계자의 니즈와 기대를 무시하면 지속적 성장을 이루는 것은 불가능하다. 혼자 사는 시대가 아니라 **"더불어 사는 시대"**로 접어들고 있다.

與民

同樂

良松

지은이 : 간송 **유춘번**

· 경기대학교 산업경영공학과 명예교수
· 한국품질경영학회 회장 역임
· 국가표준회의 ISO분과 위원장
· 제22회 대한민국서예전람회 대상 수상
· 한국서가협회 초대작가, 심사위원

사자성어로 본 **인간 관계 경영**

발 행 일 2018년 11월 21일 초판 1쇄 발행
2018년 12월 28일 초판 2쇄 발행
발 행 인 권기수
발 행 처 한국표준협회미디어
출판등록 2004년 12월 23일(제2009-26호)
주　　소 서울 금천구 가산디지털1로 145
에이스하이엔드타워3차 11층
전　　화 (02)2624-0361
팩　　스 (02)2624-0369
홈페이지 www.ksamedia.co.kr
I S B N 979-11-6010-029-7　03800
정　　가 3,800원